Huis clos familial

Débuté le 17 mars et achevé le 11 mai de l'an 2020

«La valeur des choses n'est pas dans la durée, mais dans l'intensité où elles arrivent. C'est pour cela qu'il existe des moments inoubliables, des choses inexplicables et des personnes incomparables.»

Fernando Pessoa

Table des Matières

Rehab	7
Le chêne	9
Renard	11
La gendarmette	13
Repas	15
Morilles	17
Clio	19
à Bicyclette	21
Patrick Modiano	23
Football	25
Examens	27
Pivoine	29
La pyrale du Buis	31
En barque	33
Kiki	35
Désarchivage	37
Les choses	39

© 2020, Etienne de Bryas

Edition : Books on Demand,
12/14 rond-Point des Champs-Elysées, 75008 Paris
Impression : BoD - Books on Demand, Norderstedt, Allemagne
ISBN : 9782322222643
Dépôt légal : Mai 2020

Introduction

La vertu de l'inattendu est de vous transporter sans résistance d'un appareil d'habitudes vers un espace de découvertes d'où naîtront des transformations. En ce matin du 17 mars, jour anniversaire de la mort de papa, ce voyage que nous entreprenions à la demande de nos autorités pour nous confiner à Mauvières allait se révéler un voyage immobile, une couronne que les jours allaient sertir de souvenirs délicieux pour notre histoire familiale. J'ose même avouer, sans que l'aveu soit repentance, que nous avons ressenti la culpabilité d'une telle volupté alors que grondaient dehors les cris de la souffrance, de la peine, de la mort. Dieu, peut-être le diable, ou les deux ensemble, enfin réconciliés, ont remis de l'ordre sur la planète où vivent les hommes en les renvoyant au coin comme quand, enfants, les maîtres nous faisaient tourner le dos à la classe en punition de nos bavardages. Au coup de sifflet de la mise sous cloche d'un pays entier, un tableau issu de l'imaginaire de Jérôme Bosch s'anima, délirant, scabreux, onirique, à foison de créatures rampantes, d'insectes, de savants cosinus et de licornes. Et le combat s'engagea alors, esquissant enfin la nécessité de vaincre le monde d'hier, celui déboussolé, aigre, cupide et pompeux, pour faire triompher la belle nature, vibrante, calme, si urgente.

Rehab

Au premier temps de la valse, chantait Jacques Brel ; aux premiers jours du confinement s'organise la vie de la famille, la vie de chacun, juste comme si rien ne devait changer, affaire de quelques semaines, pense-t-on alors. Les réunions de travail prévues de longue date se feront par visio-conférence, il n'y aura pas de déplacements, soit ! après tout, tant mieux : les réveils aux premières lueurs du jour pour se transporter là où le rendez-vous a été fixé, la cravate, les embouteillages, les projections de « slides » expliquant la cause, les cafés en rafale, les plateaux-repas, c'est fini. A travers le monde numérique, par l'écran, on entre alors dans le temps du « faire semblant », du « faire sérieux », le chien sur ses genoux et une bière derrière l'écran du macpro. Ces réunions virtuelles se succèdent en cascades pendant environ une semaine, alors que les spéculations vont bon TGV sur la date de sortie de l'isolement des masses. Le rythme du « ne rien faire » n'est cependant pas atteint, enfin pas encore. Le premier samedi marque encore la césure d'un week-end qui, en temps inconfiné, annonce golf, cinéma, musées, restaurants ou dîners en ville. On annonce que les marchés ferment. L'élan de la première semaine nous distrait sur le fait que le rythme change et ralentit. Il s'agit de la phase de désintoxication, que nous abordons sans le savoir. Pour nous, drogués, la descente commence, l'euphorie gagne. Sur les réseaux sociaux, des vidéos tournent, en mode viral…L'une d'elle montre le Commandant Cousteau qui dénonçait l'absurdité de l'organisation du travail, déjà, dans les années 80, les files de véhicules à l'arrêt, les métros bondés, le travail bureaucratique à horaire fixe. Ici, alors que l'écho du monde d'hier s'éloigne, nous observons une vie dans la vie, c'est celle de la nature, des fleurs, des oiseaux et des animaux sauvages qui, eux aussi, saisissent l'opportunité pour éclore, dans un silence réjouissant. Il y a un verbe anglais qui exprime merveilleusement cet instant, le verbe

Blossom, explosion de sens et de couleurs. Et tandis que toute forme sauvage s'ébroue sous la douce chaleur d'un ciel éclatant, tandis que rayonne la vitalité et la force du néo vivant, nous, pauvres toxicos, entrons dans la phase de Rehab. Précisément, à cet instant, telle une fusion entre conscience et désir, se produit le sevrage, et lors, par nos capteurs reptiliens, nous savons que les jours à venir seront heureux.

Le chêne

Un alignement de tilleuls rythme l'allée qui conduit aux bassins, au milieu de la propriété. C'est là que se situe la petite glacière où jadis étaient conservés les pains de glace prélevés en hiver dans le bief, bras stagnant et artificiel de l'Yvette en contrebas, et dont on avait l'usage en été pour rafraîchir mets et denrées. Il s'agit d'un ouvrage en forme de dos de tortue, en pierres meulières, recouvert de terre, dont on a fermé l'entrée après-guerre par sécurité. On en compte deux de cette nature, alignés l'un au-dessus de l'autre, le second étant depuis peu dédié au poulailler. Dans ma jeunesse, avec mes frères et les autres gamins qui vivaient autour de Mauvières, nous approchions dangereusement de l'entrée pour lancer des cris et attendre l'échos. La légende voulait qu'il se trouvât un squelette au fond du gouffre, qui était celui d'un soldat allemand. Plus tard, avec l'arrivée des lampes torches puissantes, remplaçant les bougies, nous nous aperçûmes qu'il s'agissait en réalité d'un chien crevé, et qu'au demeurant, les seuls débris perceptibles consistaient en des pelotes de chouettes qui nichaient là. Le partère de fougères entre les deux glacières recouvre un terrain descendant, ce qui d'ailleurs caractérise la topographie des lieux. Les arbres, accrochés à la pente, prennent racine sur un sol sablonneux. Un des chênes plantés contre la glacière, sur un pan de son flanc ouest, menaçait de chute, dangereusement penché vers le Cyranours, et laissait voir des signes de dépérissements au pied. Nous le couperons cet hiver, avait-je annoncé à l'élagueur, lorsque nous avions inventorié les arbres à guérir ou à abattre. Fi ! le chêne choisit un bel après-midi ensoleillé pour se laisser tomber, laissant heureusement indemne l'ursidé, dans un fracas épouvantable, emportant avec lui 2 tilleuls en contrebas, formant un orgue de branches cassées et enchevêtrées, arrachées d'un tronc que ses racines ne portaient plus, rongées par un champignon. Ne jamais remettre à demain....

Renard

Contrairement à l'Angleterre où le renard pullule et s'accommode d'un habitat urbain, en raison notamment de nombreux parcs, jardins ou common, et de la présence de rats et souries dont il se nourrit, nous n'avons pas l'habitude en France d'en observer de près, sauf à la lueur des phares où brillent ses yeux rougis fendus d'une pupille verticale, ou parfois, tristement, sur le bas-côté des départementales, écrasés par les voitures. Par l'imaginaire des coutumes et traditions, l'image du renard, à l'opposé de celle du loup, le dessine sympathique, rusé, vif et affectueux. Jean de la Fontaine l'a popularisé avec ses fables. Mi-mars, au cours de la première semaine de notre séjour, notre jardinier Pascal nous alerte de la présence d'un terrier qui abrite une portée de quatre renardeaux. A midi, lorsque le soleil darde ses rayons et réchauffe les sous-bois, les petits sortent jouer sur une plage de sable à l'entrée de leur repaire, ne s'éloignant pas plus de quelques mètres, sous la surveillance de la maman. Ces petites boules de vie se baignent de lumière et jouent ensemble, dans le silence d'un monde à l'arrêt, sans chasseurs, sans bruits de moteur. Comme ils ne sauraient être craintifs, n'ayant pas connu de menaces, nous les observons en approchant discrètement sur le bord de l'allée cavalière qui conduit à l'ancien verger, en hauteur de l'aire où ils s'ébrouent. Ils sont plus noirs que roux, se roulent entre les folles herbes, jouent tels des félins. Spectacle ravissant, qui me fait retourner à mes jeunes années, quand nous allions observer la nature et nous nourrissions de ces plaisirs simples pour emplir nos jeudis sans école.

La gendarmette

Un matin peu après 8 heures, je prenais la route vers la zone commerciale de Coignières sur le plateau à l'ouest de la vallée. C'est un voyage étrange, en ce qu'il vous fait basculer, par une frontière invisible, de la campagne pittoresque et bucolique autour des communes de Dampierre, Maincourt et Levis Saint-Nom vers le monde brutal, déshumanisé et bruyant de la Nationale 10 et des barres HLM de Trappes. En chemin, à la sortie d'un long virage, j'aperçois un duo de gendarmettes qui me fait signe de me ranger sur le bas-côté afin, c'est probable, de contrôler l'ausweis réglementaire m'autorisant à circuler, témoignage du génie Français pour créer du complexe. C'est incroyable, cette capacité à fabriquer de la bureaucratie ! Impensable dans les pays anglo-saxons où l'on accorde plus de confiance aux citoyens. Docile, j'ouvre mon portable à la page requise et montre, à travers la vitre, le code-barres à la donzelle, jeune et élancée, vêtue d'un bel uniforme bleu aux plis nets. C'est ainsi qu'il convient de procéder pour respecter les « gestes barrière » qui aideront à stopper la petite saleté. L'affaire dure une dizaine de secondes, le temps de dégainer le lecteur et d'ajuster la visée laser à mon téléphone. Cela requiert pour l'agent de s'approcher très près, et m'offre la contemplation de son joli visage, pendant qu'elle officie à une routine administrative. Moment réjouissant pour moi qui jouit du privilège du regard, autant que désolant pour qui réfléchit à ce que la vie demande de contorsions absurdes pour réaliser des singeries, celles-là que notre gendarmette exécute en ce matin de printemps.

Repas

Chaque jour, le protocole qui nous réunit autour du repas familial, un peu au-delà de 13 heures, est assez routinier. Par la magie d'un printemps sec et ensoleillé, nous avons déjeuné pratiquement tout le mois d'avril sur la terrasse, sous les magnolias et à l'ombre d'un parasol que le vent et les fixations désuètes emportaient, pour le plus grand agacement des enfants. Cette cour est ravissante, et possède une harmonie de forme qu'elle conjugue chaque saison par les variations de son habillage végétal. Au printemps, les pavots fleurissent, les feuilles du lierre, à l'éclosion, offrent un vert délicat, le thym libère son parfum épicé, les oiseaux chantent. Être aux fourneaux m'est agréable. Je tiens cela de mes deux parents, chacun m'ayant transmis sa manière. Maman cuisinait vite, sobre, sans gras, en mettant en avant les produits. Papa mijotait, épiçait, daubait, versait œufs, farines et liants, en sauce, du temps long. C'est un exercice qui demande imagination et patience.. La composition doit veiller à ne pas altérer les produits qui la composent, incorporer des épices et des herbes, atteindre saveur et onctuosité, le tout devant être appétissant, plaisant au regard.. A table, les conversations, telles des guêpes furieuses, tournent souvent autour des thèmes qui tendent les ressorts psychologiques des enfants ; la droite, Zémour, la gauche, la réussite, les autres, le rap, les filles, le féminisme, Napoléon. Les arguties clivantes reviennent comme le ressac, entre les mêmes, avec le même ton. Aucune trêve. Quand vient le moment du café, le groupe s'ébroue et se disperse, qui vers une sieste, qui pour retourner travailler. La vie du confiné est une ritournelle.

Morilles

La cueillette des morilles, un délit d'initiés ! Non pas le profit avide de l'initié profitant d'une information confidentielle pour s'enrichir, cela est une illusion qu'on laissera aux argentiers et à ceux-là qui consacrent leur vie d'Harpagon à amasser des richesses stériles. Non, le vrai délit d'initié n'est l'apanage que de quelques-uns, des somnambules, des truffiers, des ténébreux prêts à affronter l'aube humide pour assouvir leur passion, les champignons. Oui, Monsieur ! le champignon est à l'homme ce que le Saint Graal est aux chrétiens. Il est entouré de mystère, sa légende oscille de versions les plus diverses et les plus folles, le poison, la mort même rodent autour de son évocation. Il va sans dire que tout champignonneux protège jalousement ses secrets, de peur de se faire devancer par plus matinal que lui. Jamais vous ne saurez à quel endroit de la forêt, sous quel arbre, à l'ombre de quelle haie poussent ces délices. L'un des champignons les plus recherché est la morille, qui pointe sa tête en avril. Le chapeau de la morille ressemble à un gros nez d'alcoolique, de prime abord. De plus près, les caissons spongieux de sa coque externe renvoient à de la soie, et forment une membrane autour du vide, bien souvent peuplé de petits cloportes mille pattes. La morille possède deux qualités, celle de dégager une odeur délicieuse quand on la respire, et le pouvoir de tuer, si on ne la cuit pas assez longtemps. Il est recommandé à celui qui va la préparer de la laver avec précaution, de la trancher dans le sens tête-pied, puis la coucher sur un lit d'échalotes embeurrées pour la protéger de la brûlure de la poêle et attendre que la chaleur attendrisse sa texture, avant de la déguster sur quoi que ce soit, car la morille est délicieuse avec n'importe quel aliment qu'elle parfume de son fumet intense. Ma préférence, si l'on dispose d'œufs prélevés dans un poulailler, sera de l'insérer dans des œufs brouillés, avec de la ciboulette fraîche et quelques grains de poivre de Kampot concassés dessus. Fermez les yeux, la nature vous ravit.

Clio

L'époque diffuse une tyrannie du bien-pensant écologique dont l'un des effets est d'éloigner nos jeunes de l'envie de conduire une voiture à moteur. C'est ainsi que mes deux derniers garçons ne possèdent pas leur permis de conduire, et n'en voient d'ailleurs pas l'utilité. Or, voici qu'un matin, Vincent notre jardinier leur propose de s'essayer à la conduite en leur prêtant sa vieille Renault Clio, brinquebalante, qu'il destine à la casse. Le nom de Clio est issu de la mythologie grecque, précisément de kleiô, l'une des neuf Muses, filles de Zeus et de Mnémosyne. En voiture, donc, sur les chemins en terre et les graviers de Mauvières, en variant les exercices et les allures, moteur grondant. Il ne faudra déplorer qu'un léger accident, un arbre s'étant trouvé là où il n'aurait pas dû être, tout bêtement. A force de caler, les apprentis du volant finissent par maîtriser l'exercice. Ces rodéos font remonter en moi le souvenir de la vieille Delahaye 135 coupé que papa utilisait pour ramener le bois du fond du parc, et où nous nous amusions à jouer aux gangsters en nous abritant sous ses flancs à côté des pneus blanchis. L'avantage de la forme de la Delahaye ne pouvait échapper aux enfants, et résidait dans la conception des bas de porte qui autorisait qu'on s'y tienne debout, arrimé à la vitre. Nous formions grappe, en riant, accusant les soubresauts provoqués par les ornières et nids de poule des chemins cavaliers. Papa fumait sa gitane sans filtre, en musique, et nous nous sentions les rois du monde.

À Bicyclette

En temps normaux, lorsqu'en compagnie d'Amélie nous venons séjourner à Mauvières, les sorties à vélo qui nous conduisent à la découverte des confins de cette belle région de Chevreuse sont des moments de détente. Combinés avec des séjours dans les eaux bouillonnantes la piscine de Chevreuse, ces rituels nous unissent. Disons que de se retrouver face à face dans l'eau, ou bien côte à côte à bicyclette, permettent un dialogue qui constitue autant de séances de thérapie du couple, qui purgent les ressacs de nos sentiments. A bicyclette, de Cernay-la-ville à Bièvres, l'Yvette a creusé une vallée qui offre des parcours variés mais toujours unis par la même contrainte de devoir grimper sur le plateau pour s'échapper du point bas où se situe Mauvières. Certes, ce ne sont pas les Alpes ou les Andes, mais fichtre, ça monte. La récompense vient au retour, avec une belle descente vers Saint-Forget. Nous visitons des petits villages en évitant les zones urbaines, en choisissant des liaisons à travers les bois. L'habitat ancien est formé de maisons robustes, à deux étages, en pierre meulière, rarement jolies, ni audacieuses mais agréables à vivre. A l'opposé, l'architecture d'après-guerre se reconnait par l'usage de matériaux sans avantages, particulièrement les toitures aux tuiles mécaniques. Partout, les pavillons et les maisons sont encombrées, ci de voitures, là de barbecues ou de trampolines. Le lien avec Paris que le RER a permis a fait de cette vallée une destination de refuge, un dortoir. La vie de village a disparu, et les liens sociaux qui subsistent deviennent plus rares et plus diffus, entretenus par des mairies aux ambitions modestes et ternes. Le soir à Dampierre, un flow de voitures ininterrompu transforme la rue centrale, celle que ma grand-mère empruntait chaque dimanche pour conduire sa calèche à l'église, en une barrière bruyante et infranchissable. Ce sont les habitants des villes au loin qui rentrent chez eux. Nous avons cédé au transport. Est-ce que la faculté soudain évidente de pouvoir travailler de chez soi va nous permettre de corriger ces mauvaises habitudes ? Avec cet ensoleillement constant au cours de la première semaine du confinement, l'envie de s'échapper à vélo s'est concrétisée. Puis est tombée la stupide interdiction de sortie, mesure administrative qui marque de son empreinte le manque de confiance de nos gouvernant dans la capacité des peuples à se responsabiliser.

C'est ainsi que nous avons inventé le circuit court, le tour du domaine, la boucle locale, à travers le parc et autour de Mauvières, et sommes parvenus à préserver notre session de sport ensemble.

Patrick Modiano

Le thème de la mémoire étant universel en littérature, les écrivains qui se le sont appropriés sont nombreux. Parmi eux, Patrick Modiano apparaît comme celui qui l'incarne avec constance, en déployant un talent d'autant plus remarquable qu'il a livré, à travers ses romans, les observations les plus fines et détaillées d'une période qu'il n'a pourtant pas connue, l'occupation. En y ajoutant la description nostalgique d'un Paris aujourd'hui disparu, ses romans sont des bulles mémorielles et historiques qui forment une œuvre immense. Or, ce mardi matin du 18 mars, nous comprenons que le grand homme a quitté son domicile de la rive gauche parisienne pour échapper à la ville et trouver espace, calme et campagne à Mauvières, en louant la maison d'Henry, mon frère. Il est accompagné de son épouse, Dominique, de ses deux filles, Marie et Zina, de ses gendres et de son petit-fils, toujours vêtu d'une cravate en son style très british. Circonstance amusante, le gendre est musicien et a joué dans le groupe dont le chanteur s'appelait Michel Houellebecq. Frénétiquement, excités, nous découvrons le roman de la vie de Patrick Modiano, écoutons son discours de décembre 2014 devant l'académie de Stockholm où il reçoit le prix Nobel de Littérature, parcourons les archives de l'INA pour revoir Apostrophe et Bernard Pivot interrogeant l'écrivain. Amélie échafaude une manœuvre de conquête et de séduction curieuse, mais nous faisons confiance à sa stratégie et ne brusquons pas les contacts, qui se font de loin en loin au détour des allées, le grand homme semblant se protéger des contacts avec autrui. Ce chassé-croisé durera huit semaines, et s'achèvera avec le départ du grand homme, de la façon la plus discrète qui soit, sans bruit, comme un vol de papillons.

Football

Avec leurs cousins Bryas, les fils d'Alexis et de Marie, mes garçons jouent chaque fin de journée au football sur la pelouse, en de petits matchs 2*2 animés et stridents. Le football est un langage que je crois bien comprendre, et dont la maîtrise, poésie du geste, est réservée à de rares artistes. La voie pour atteindre le graal du parfait mouvement est cependant fondée sur le collectif. C'est heureux de voir de jeunes hommes exercer une activité physique dans la joie et la passion, torses nus, parfois pieds nus, en pleine nature, comme on l'imagine que les adolescents grecs ou romains le pratiquaient. Je m'y suis plié une fois avec eux pour me replonger dans ce jeu de ballon, auquel plus jeune j'étais adepte, d'abord dans l'équipe naissante du FC Chevreuse, puis au sein de celle de Saint-Rémy, avant d'achever ma carrière à Garches en promotion d'honneur. Je fus d'abord goal, gardien de la « cage », jusqu'à ce jour où j'eu l'imprudence d'encaisser 9 buts sous les yeux de papa, qui m'affublât du sobriquet de passoire... Puis milieu défensif, comme on disait alors. Le terrain de Chevreuse avait ceci de particulier qu'il était traversé par un ru, en son milieu, sorte de défi supplémentaire qui nous contraignait à jouer en passes hautes pour échapper à l'écueil du ballon tombant dans l'obstacle. Champ entouré de champ, on pouvait comprendre qu'il s'agissait d'un terrain de football grâce aux buts en bois de part et d'autre que notre entraîneur, un commerçant de Chevreuse, avait commandé à la scierie locale. Mais de marquage au sol, point, eu égard à la densité de l'herbe et à la circonstance qu'en dehors du jeudi et du dimanche, ces prairies retournaient à leur usage de pâturage pour les nombreuses vaches de la ferme de Coubertin. Les vestiaires nous étaient gracieusement mis à disposition par les pompiers, dont la caserne jouxtait le terrain. Certains jours, la lance à incendie faisait office de douche, et nous nous plaisions à grimper sur les échelles et à enfiler les casques dorés romains de ces messieurs. Nos mères aussi, prenaient plaisir à venir nous regarder jouer, et à attendre patiemment avec les soldats du feu, jusqu'au terme de nos entraînements, pour nous raccompagner à la maison. C'est là que j'ai rêvé d'exploits, c'est là que je fus un enfant. J'y repense souvent, lorsque je me promène sur cette berge de l'Yvette où sont aujourd'hui implantés un vaste parking et une rocade.

Examens

Quand vient la fin du printemps, vient le temps des examens. Sur mes quatre enfants, trois affrontent ce moment du devoir à rendre pour valider leur année universitaire, période angoissante avec laquelle se construisent les cauchemars où la crainte d'arriver en retard rencontre la frayeur de la copie blanche. Octave étant le plus exposé, eu égard à la somme de thèmes ésotériques qu'il lui échoit de maîtriser, nous décidons de le soutenir en l'aidant à réviser ses matières, qui le droit, qui l'espagnol ou la finance. Étant observé que l'heure du réveil du garçon coïncide avec le midi, et, compte étant tenu de sa capacité à filer comme une couleuvre à l'évocation d'une séance de révision, la tâche s'annonce hardie. C'est alors qu'au regard de l'impossibilité d'organiser des tests in situ, son école lui fait savoir que le contrôle des connaissances se fera sous la forme d'un écrit, et qu'il dispose de quinze jours pour parfaire à cette charge. Alléluia ! Nous entamons donc la collectivisation des talents familiaux, ce qui malgré tout, se révèle pédagogique et demande aussi de l'implication au potache. Une fois encore se vérifie le constat que la vie sépare en deux groupes inégaux les hommes sur cette terre, ceux que la chance choisit et les autres qui n'en sont pas dotés. De ce point de vue, Octave a sans doute aucun hérité de ce talent.

Pivoine

De mes années d'enfance à Mauvières, je conserve encore le souvenir des chiens que papa nous avait offerts comme compagnons, et qui tous, tristement, ont connu une vie écourtée par les voitures après lesquelles ils courraient et qui les ont écrasés. Il y eut Nelson, un grand briard noir, au caractère juvénile et joueur, qui a surtout été photographié avec Alexis, mon jeune frère, et dont les longues pattes nous projetaient au sol quand il bondissait sur nos frêles carrures. Avant, nous eûmes Penné, un chien de montagne des Pyrénées, blanc, à poils longs, assez couillon et jappeur aigu pour manifester sa joie. Quand vint le temps de mon mariage, Amélie introduisit Pougnat dans notre foyer naissant, un chiwawa aussi fidèle que stupide, qui mordait à qui voilà tout téméraire qui s'aventurait à vouloir le caresser. Mon épouse perpétuait ainsi la voie éclairée par sa tante Michou, la sœur de ma belle-mère, qui avait entrepris un élevage de cette race avec son époux Jacques, tragiquement décédé en trébuchant dans un feu de brindilles. Cette entreprise avait coïncidé avec leur désir de vivre retirés de la vie parisienne pour s'isoler et peindre, en Haute Loire, à Marchangy. Amélie conserve des souvenirs d'enfance làbas, et des reliques de dents de lait des chiots. Ce jeune compagnon roux, je l'avais nommé Pougnat par référence au surnom dont tous mes copains d'enfance du Lycée Passy Buzenval m'avait affublé, probablement à cause d'une forme de surdité dont ils souffraient collectivement. En réalité, Pougnat venait de Bougnat, désignant les marchands de charbon auvergnats de Paris, dont on peut concevoir que leurs mains ou visages fussent noircis par la marchandise qu'ils transportaient. Monsieur Neyrolle, notre directeur à Buz', m'avait remis à la veille de Noël mon carnet de notes du premier trimestre de la classe de quatrième et m'avait traité de Bougnat à la vue de mes mains salies par l'encre des stylos. Adulte, voulant me débarrasser de ce sobriquet qui ne faisait pas sérieux, je nommais donc mon chien de la sorte, et annonçait alors fièrement à Amélie, « Pougnat est mort », vive Pougnat (le chien). Cette brave bête mourut à 14 ans, c'est un bel âge pour mourir. Bien entendu, nous décidâmes de le remplacer (peut-on « remplacer » un être chéri ?) et optâmes pour un Bichon Maltais qui, en considération de son beau pelage soyeux et blanc, petite boule, forme ronde, ne put qu'être baptisée Pivoine. Même si on peut déplorer que cette bête passe l'essentiel de sa journée à dormir, tout comme d'ailleurs l'intégralité de sa nuit, Pivoine est dotée d'un heureux caractère, et se révèle atrocement efficace pour obtenir des faveurs et recevoir par ses danses de joie des petites récompenses. Le matin, à Paris, son instinct l'adapte aux horloges de chacun d'entre nous, car elle a compris la chronologie des réveils et patiente devant la porte du prochain enfant qui va se lever pour recevoir un bout de jambon en gratification. Pinouche n'a pas que des qualités, cela dit. Souvent sans-gêne, elle n'hésitera pas à s'installer sur votre oreiller si vous vous en éloignez imprudemment. La nuit, elle est parcourue de petits hoquets rieurs qui indiquent qu'elle est en plein rêve. Son haleine s'apparente à celle d'un chacal, comme le dit Clovis. Et pour nous châtier de l'abandonner de longues heures, nous trouvons à notre retour des manifestations de son sérieux appétit par les crottes qu'elle nous laisse ci et là sur la moquette. Certes, nul n'est parfait. Mais que le diable l'emporte, nous aimons Pinouche !

La pyrale du Buis

Le buis est un végétal d'ornement particulièrement adapté à la taille et se prête à toutes les formes de l'art topiaire, ce qui explique qu'il soit présent dans la plupart des jardins à la Française. La Pyrale du buis est une espèce de lépidoptères de la famille des Crambidae, originaire d'Extrême-Orient, introduite en Europe accidentellement au début du siècle, et qui s'est répandu sur tout le territoire. La rencontre de celui-là par celle-ci allait être ravageuse et conduire à décimer tous les massifs d'ornement. Le lépidoptère trouve en effet avantage de pondre ses larves dans les feuilles du buis au printemps. Alors, la larve éclot et se nourrit pendant sa croissance de la plante, la dévastant proprement et ne laissant, à l'envol des papillons, qu'un triste arbuste desséché et nu. Pour parer au retour de l'envahisseur, nous traitons les feuilles en les badigeonnant d'un poison répulsif pour la pyrale. L'histoire rappelle la menace récurrente et la diversité des espèces de nuisibles invasifs, que ce soient les criquets pèlerins qui déciment les récoltes des pays africains et provoquent famine et misère ou le phylloxera, ce petit puceron importé des États-Unis qui ravagea les plants de la vigne en bordelais au début du siècle. L'analogie avec le Covid-19 interpelle. Nous, l'espèce humaine, allons-nous survivre à ce virus Chinois ? La nature nous rassure : le jardin de Bobo est planté de ces buis qui forment, au-delà de la rivière, le dessin d'un labyrinthe pour un cheminement de rêveries. L'année dernière à même époque, ces arbustes renvoyaient l'image de la désolation, après le passage de la bestiole. En nous promenant dans cette zone avec les enfants, nous observons un phénomène fascinant de résurrection des brindilles, avec des petites feuilles arrondies qui émergent et réveillent la plante. Signe du ciel, force de la nature et du printemps.

En barque

Une bien belle journée s'annonce ce matin du 4 avril et les heures commencent à se diluer sous la chaleur naissante. Nos promenades nous conduisent inévitablement vers les jardins d'eau, où les boutons naissants des fleurs annoncent les premiers élans du printemps. Sur la berge près du bief, là où se réchauffent les ragondins le matin, repose une barque retournée. L'eau est claire, les filles se décident à entreprendre une odyssée et hop ! voilà l'engin à l'eau, mû par une godille maladroite provoquant des oscillations latérales dangereuses. La rivière n'est pas profonde et l'art du nautonier sera d'éviter les bancs de sable et les massifs de nénuphar en alignant son embarcation sur l'étroit filet du courant qui conduit jusqu'au barrage de Chevreuse. L'Yvette, qui traverse Mauvières d'ouest en est, est une rivière capricieuse qui a mis du temps à être domptée par les hommes, mais dont les débits sont aujourd'hui régulés grâce à l'aménagement de retenues d'eau sur ses flancs. Peuplée de canards et de poules d'eau, encore à l'état de sauvagerie, et souvent invisible à la vue, elle ondule tel un serpent bleu quand elle coule lascivement ses eaux à travers la Vallée de Chevreuse qu'elle a creusée, avant de rejoindre les zones urbaines plus en aval et se noyer dans l'Orge, sous-affluent de la Seine. C'est un cours d'eau qui s'est fait oublier, alors qu'il occupait jadis une place centrale dans tous les villages qu'il traverse (Maincourt, Lévis Saint-Nom, Chevreuse ou Gif), en témoignent les innombrables vestiges des ouvrages d'art qui le bordent, moulins, lavoirs, ponts, qui diffusent une atmosphère surannée et apporte un air pittoresque à ces bourgs. Enfant, la rivière n'était pas une ennemie, bien au contraire. Nous passions nos après-midis d'été des grandes vacances à nous y baigner, ou à pêcher gardons ou petites perches au printemps. Il subsiste même, en amont de la propriété, des ruines d'une piscine oubliée que mon Grand Père avait fait construire avant-guerre et où les baignades étaient autant de moments de rencontres et de détente. L'hiver, si la température venait à geler sa surface, nous traversions son lit par enjambées mal assurées, mus par la peur de casser sa croute glacée. Au retour de la virée en barque, nos deux compères sont ravis et ravivent le souvenir de ces jours d'insouciance.

Kiki

Kiki a expiré ce samedi 21 mars, et cette disparition nous plonge dans une tristesse profonde. Nous avions rencontré Christine et Pascal à leur retour de Tahiti, parents d'élèves de trois petites filles qui partageaient leurs journées avec nos deux aînés à l'école élémentaire de la rue Éblé. Ces années en Polynésie furent pour eux un Éden, mais ils ignoraient alors que ce bonheur touchait à son paroxysme ; le retour à Paris sera comme le poison du colchique et détruira le couple. Nous leur devons de nous avoir fait découvrir Headfort school, le collège en Irlande où chacun de nos quatre enfants a séjourné et qui, de facto, a constitué le fil rouge de nos années d'éducation. Dans ce pensionnat aux méthodes originales, parangon d'une approche éducative comportementale qui libère les talents des enfants et leur donne confiance en leurs capacités, nous avons partagé des dîners de fin d'année, déguisés en gentilhomme du XIXème siècle, des joutes sportives et des transports matinaux vers l'aéroport brumeux de Beauvais à partir duquel Kiki choisissait de s'envoler pour l'économie de quelques pennys. Comme une deuxième lame mortelle, nous apprenons que l'école va fermer. La tristesse est palpable aussi chez Dermott, Headmaster de l'institution, avec qui nous partageons une amitié sincère. La mort de Kiki vient contredire ma croyance selon laquelle la force mentale permet de surmonter toutes les épreuves. Kiki était habitée de cette énergie vitale, son enthousiasme, sa joie de vivre, son optimisme n'ont pas suffi à éloigner le mal. J'ai informé Pascal du départ de Kiki, ses enfants n'ayant plus de contacts réguliers avec lui. Nous ne pourrons pas assister à ses funérailles, et soutenir sa famille de notre affection. Quel gâchis, quand les circonstances de la vie détruisent des temps heureux et nourrissent de griefs les relations familiales.

Désarchivage

C'est au deuxième étage de la tour carrée qui dominait à l'époque féodale la Haute cour du fief de Mauvières, tour qui fut dissimulée sous une blanche façade lors de la construction du château en 1720, qu'est située une vaste pièce connue comme la salle des archives. Papa y a rangé les souvenirs de la famille au terme d'un travail de bénédictin pour faire l'inventaire, l'identification, le classement et le tri de cette masse de papiers, livres de comptes, photos jaunies, médailles ou actes d'état civil. Les turbulences qu'a connues sa succession ont tristement éventré l'ordre et l'harmonie logique de cet archivage. C'est pourquoi, sous l'impulsion de Marie nous est venue l'envie de transformer cet espace en un salon lounge, à même de nous permettre un refuge les jours de mariage. La déconstruction a consisté en un voyage à rebours du temps, pour remonter les annales paternelles par capillarité des branches familiales, ce qui a éclairé la route de l'histoire jusqu'à l'époque du second empire, et le sympathique Charles de Bryas. Ces 150 années d'anthropologie, nous les avons parcourues en famille, de façon à partager chacune des découvertes faites ci et là en ouvrant les malles et les armoires, et nous les approprier. En visitant le passé, nous avons aussi apprivoisé notre présent. Je me souviens d'une conversation avec le directeur de l'hôpital psychiatrique de Saint-Anne qui exposait que le cerveau humain gardait dans ses confins absolument toute la mémoire du vécu, y compris la période fœtale, et que la folie ou les troubles cognitifs se déclenchait lorsque des chocs traumatiques ou des substances toxiques altéraient l'accès à ces stocks de souvenirs. En quelques sorte, nous nous sommes soignés de ces maladies.

Les choses

Oh la la la vie en rose
Le rose qu'on nous propose
D'avoir les quantités d'choses
Qui donnent envie d'autre chose
Aïe, on nous fait croire
Que le bonheur c'est d'avoir
De l'avoir plein nos armoires
Dérisions de nous dérisoires

A Mauvières, véritable capharnaüm, nous vivons entourés de choses, de tableaux, bibelots, bronzes ou céramiques, nous pensons à en acquérir, nous les désirons, les collectionnons, les protégeons ; cela nous éloigne-t-il du dépouillement par lequel nous pouvons atteindre la sagesse ? Observons en effet que les grands hommes des civilisations éclairées de l'Histoire, Bouddha, Confucius, Socrate, ont mené des vies simples sans apparat, ce qui accrédite l'idée que l'homme trouve le bonheur en dédaignant les choses. Cependant, la vie ascétique relève d'avantage, il me semble, d'un exercice spirituel par lequel nous apprenons à détacher l'âme du corps, que du rejet de la propriété, et n'est même pas incompatible avec le fait de posséder des choses. Je dis chose et non pas richesse, pour marquer la différence entre ce qui est nécessaire à la vie par opposition à ce qui est surplus.
A cet égard, rappelons la philosophie de Sénèque, le stoïcien romain vivant en Espagne au siècle 1er, qui jugeait le sage fondé à préférer la richesse à la pauvreté lorsque celle-là était accessible, nonobstant la circonstance que ces deux états fussent « indifférents » du point de vue de son bonheur.
Chez les stoïques, l'essentiel ne se joue pas dans ce qu'il advient, mais dans ce que nous en pensons. Dans la vie est Belle, le merveilleux film

de Roberto Begnini, Guido, Dora et leur fils Giosué sont arrêtés par les armées allemandes et transportés vers un camp de concentration, promis à une mort certaine. Guido va alors travestir sa propre histoire en prétendant que tout cela n'est qu'un jeu pour que son fils échappe à l'angoisse et à la peur de la mort. Le XXème siècle s'est révélé si malheureusement anxiogène que seule la paix intérieure a été à même de servir de refuge à soi-même. Dans ces instants de folie collective ou face à un mal invisible ou implacable, il me parait nécessaire de se confronter à la sagesse des anciens.

Remerciements

Au Covid 19, qui a rendu possible cette inoubliable expérience, et à nos gouvernants qui en ont eu peur,
A Amélie, qui m'a supporté pendant ces deux mois, et m'a accompagné de sa bonne humeur et de sa grâce,
A Savinien, sa quête de l'après, bretteur et tenace,
A Marie, enthousiaste et féminine,
A Octave, t'inquiète ! Gontran des temps modernes,
A Clovis, ex-futur Johan Cruyff, historien ardent,
A Pinouche, malgré tout,
A Vincent et à Pascal, infatigables soldats de la nature,
A mon Rockrider 540,
A WhatsApp, à Zoom, au scrabble, aux copains,
A la maman renard,
Aux oiseaux, aux champignons, aux arbres, aux fleurs, au silence

A Dieu, finalement… !